Mes super jeux

Dragons

Textes : Cécile Beaucourt

Illustrations : Monsieur Dupont

Larousse Jeunesse

1 À tire-d'aile

Ce majestueux dragon vole vers sa grotte, située dans les montagnes. Aide-le à traverser ce labyrinthe de nuages !

Solutions des jeux à partir de la page 57.

2 ça chauffe !

Ce dragon est très en colère : il tape des pieds et crache du feu ! Sauras-tu retrouver son ombre ?

QUESTION DE TALLE

3 Petit dragon deviendra grand

Les dragons vivent très longtemps... et grandissent très lentement. Regarde cette famille de dragons : numérote-les de 1 à 5, du plus petit au plus grand.

4 Peau de serpent

Les légendes disent que le corps des dragons ressemble à celui des serpents... Complète les écailles du dragon ci-dessous en suivant les pointillés (tu peux en ajouter). Puis colorie-les !

5 Amitié magique

Ce petit dragon est le meilleur ami de Merlin le magicien.
Observe bien ces deux scènes… et trouve les cinq différences !

6 Sur leurs traces

Trois dragons sont passés par là... Ils ont laissé des traces bien reconnaissables ! Observe bien ces suites et complète-les en respectant l'ordre logique.

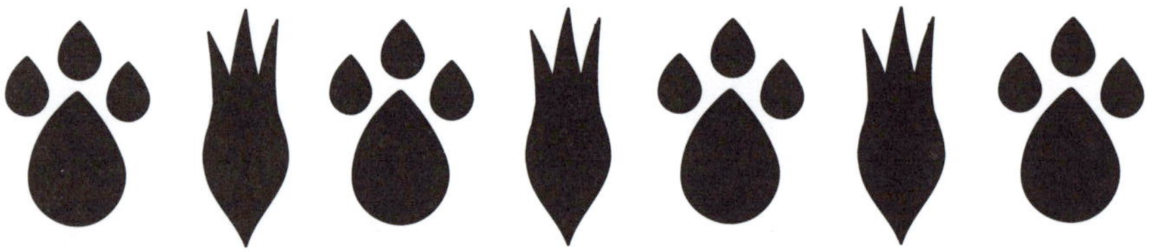
... ...

... ...

... ...

7 Roi des dragons

Il est grand, il est majestueux... C'est le roi des dragons !
Colorie-le pour le rendre encore plus beau.

8 Où sont-elles passées ?

Un dragon farceur a volé les clés du château et les a cachées dans sa grotte. Aide le roi à les retrouver (il y en a quatre) !

9 Réunion de famille

Cette maman dragon voudrait rejoindre son petit. Mais quel chemin doit-elle suivre pour le retrouver ?

10 C'est TON dragon !

Et si tu apprenais à dessiner un dragon ? En t'aidant du quadrillage, essaie de reproduire le dragon ci-dessous, puis colorie.

11 Les deux font la paire !

Ces œufs de dragons sont tous différents, sauf deux qui sont identiques...
Sauras-tu les retrouver ? Entoure-les !

12 Le pouvoir des couleurs

Un dragon est caché dans cette image... Pour le faire apparaître, colorie chaque zone en suivant les indications de couleurs ci-dessous !

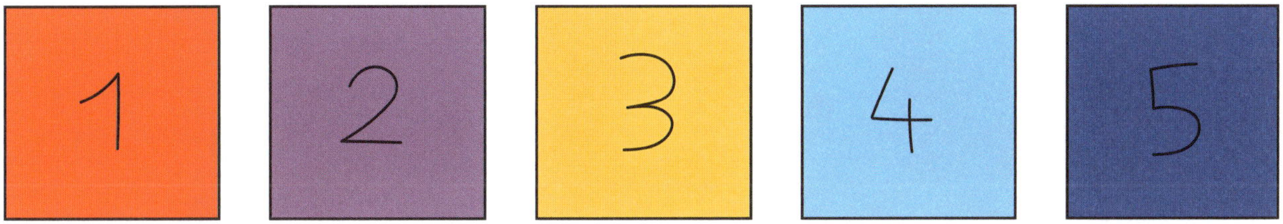

13 Qui est qui ?

Il existe des dragons de toutes sortes, tous plus beaux et majestueux les uns que les autres... Observe-les bien et relie chacun d'eux à son ombre.

14 Au secours de la princesse

Ce courageux chevalier vient délivrer la princesse. À toi de le guider dans ce labyrinthe de ronces... Mais prends garde aux flammes du dragon !

15 À peine éclos

Complète le dessin de ce dragon nouveau-né en reliant les points dans l'ordre des chiffres. Puis colorie-le.

16 Ailes de dragons

Chaque dragon présente sur ses ailes des dessins différents… Observe bien les motifs qui ornent chacune des ailes ci-dessous et complète-les !

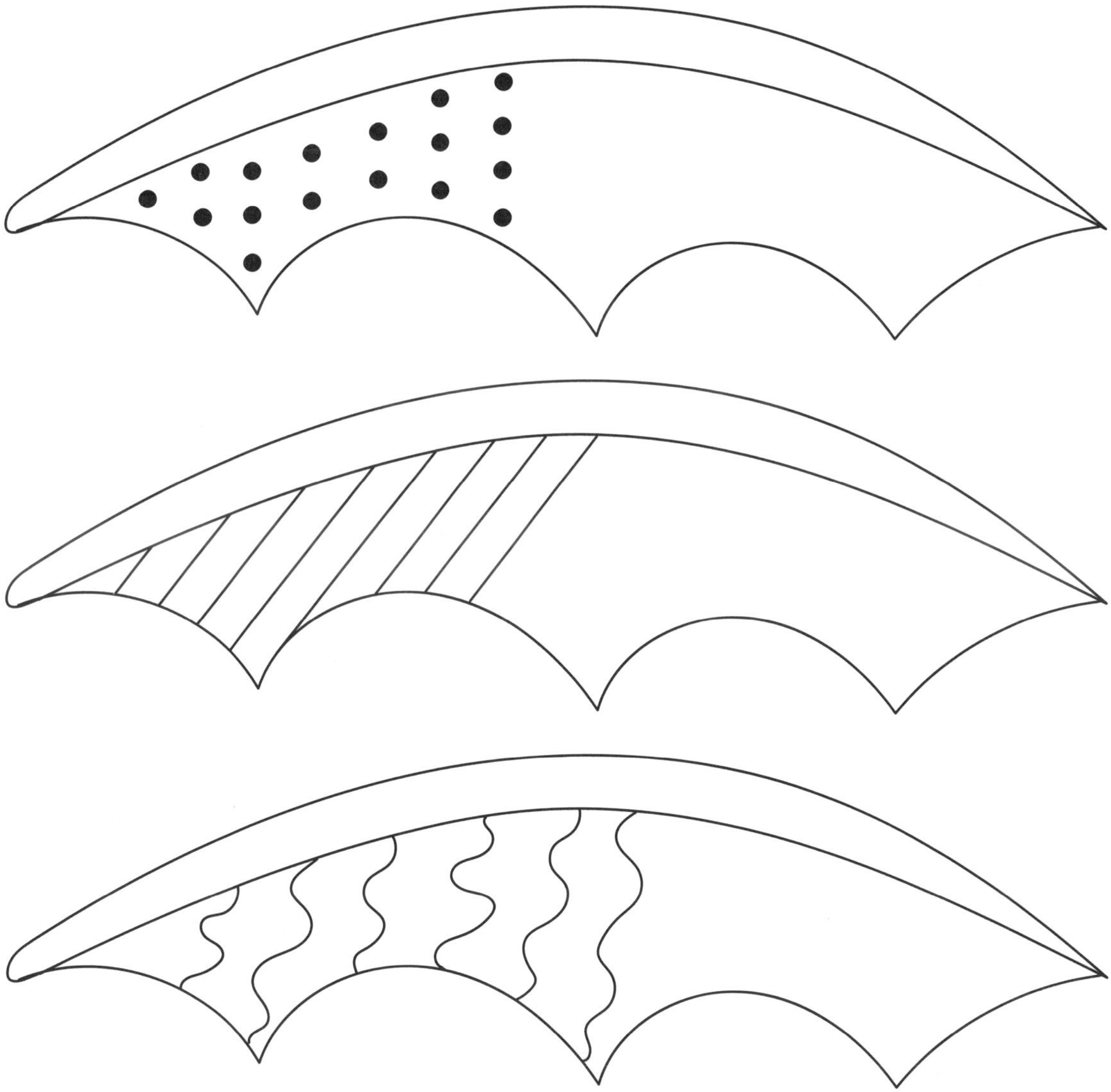

17 Combat acharné

Ces deux dragons s'affrontent à coups de griffes et de flammes ! Observe attentivement cette scène et essaie d'y retrouver les détails ci-dessous...

18 En morceaux

Relie les pièces deux à deux pour reconstituer les dragons.
Attention : il y en a une en trop... Laquelle ? Entoure-la !

19 Œufs de dragons

Les dragons pondent des œufs, c'est bien connu ! Observe cette grille et entoure les alignements de quatre œufs identiques (ils peuvent être alignés verticalement ou horizontalement).

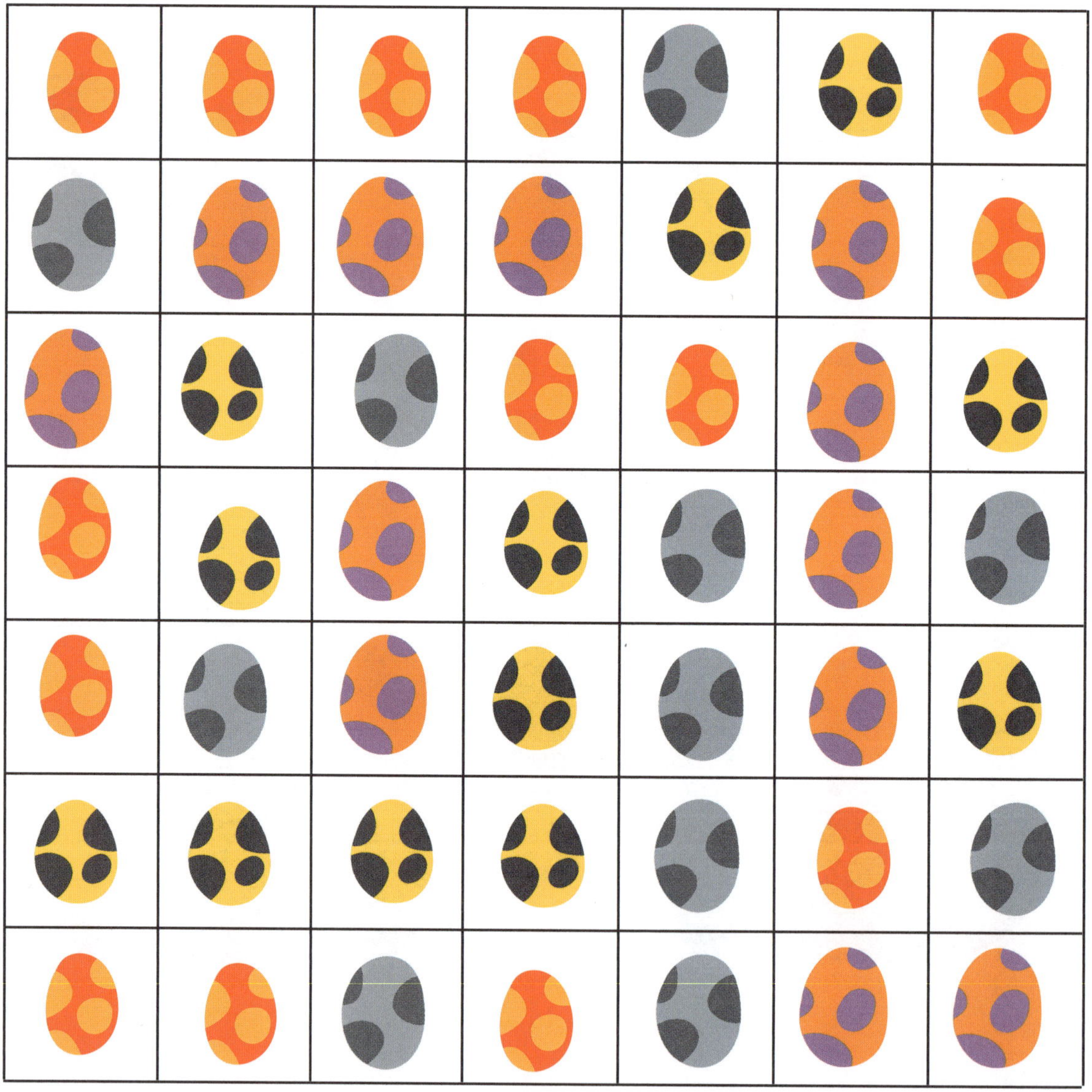

20 La valse des chevaliers

Nombreux sont les courageux chevaliers qui viennent affronter le terrible dragon. Il y en a de toutes les tailles ! Numérote-les de 1 à 5, du plus grand au plus petit !

21 Au dodo !

Ce vieux dragon garde un fabuleux trésor... Attention : il ne dort que d'un œil !

Observe bien ces deux scènes... et trouve les sept différences.

22 Il n'a rien à faire là !

Voici le trésor du plus grand dragon du monde... Son coffre est rempli d'objets précieux. Mais un intrus s'est glissé parmi eux. Le vois-tu ?

23 Dragon apprivoisé

On raconte qu'un jour une princesse est devenue amie avec un dragon... Colorie-les !

24 Qui est-ce ?

Tous ces dragons se ressemblent... et pourtant ! Sauras-tu trouver celui qui est rouge, ne crache pas de feu et ouvre ses ailes ? Entoure-le.

25 Pierres précieuses

Les dragons ne se lassent pas de ranger et de compter leurs joyaux... Observe bien ces suites de pierres précieuses et complète-les en respectant l'ordre logique.

26 À chacun son chemin

Ces petits dragons sont tous très occupés... Sais-tu lequel a rendu visite au roi dans son château ?

27 Ils ont eu chaud !

Ces chevaliers n'auraient pas dû tenter d'affronter le dragon de la montagne ! Essaie de retrouver l'ombre de leur groupe parmi les quatre ombres ci-dessous.

28 Quel courage !

Pour délivrer sa princesse, un chevalier s'élance vers l'antre du dragon... Aide-le à trouver son chemin dans ce labyrinthe de buissons épineux !

29 Parfait amour

Ces deux dragons semblent s'entendre à merveille. Relie les points dans l'ordre des chiffres pour les faire apparaître ! Puis colorie-les.

30 Bravo l'artiste !

Tu as envie de dessiner un beau dragon ? En t'aidant du quadrillage, essaie de reproduire le dragon ci-dessous, puis colorie.

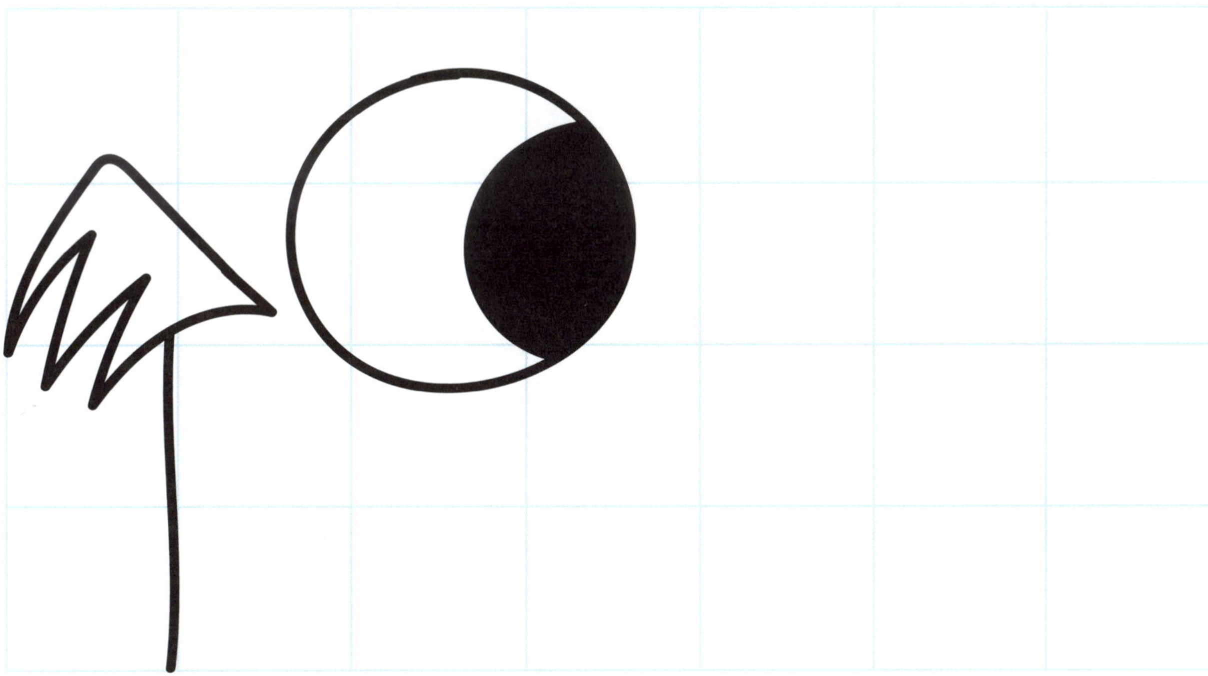

31 Quel étourdi !

Ce dragon a perdu cinq gros diamants. Observe attentivement le paysage et essaie de les retrouver pour qu'il puisse les ranger dans son coffre !

32 Nids douillets

Relie deux par deux les nids de dragons identiques.
L'un d'eux ne ressemble à aucun autre... Entoure-le !

33 Papa, maman et les enfants

As-tu déjà vu une famille de dragons ? Pour découvrir cette scène, colorie chaque zone en suivant les indications de couleurs ci-dessous !

34 Dragon des mers

Ce dragon un peu particulier adore jouer dans les vagues et plonger dans les grands fonds. Observe attentivement cette scène et essaie d'y retrouver les détails ci-dessous...

35 Tout feu tout flamme

Lorsqu'un dragon crache du feu, ses flammes fusent et tourbillonnent dans toutes les directions. Complète les motifs en suivant les modèles !

36 La vie des dragons

Relie les pièces correspondantes pour reconstituer des petites scènes de la vie des dragons. Laquelle préfères-tu ? Entoure-la !

37 Pas possible !

Ce dragon monte la garde devant le château du roi… Mais il y a dans cette scène un élément qui ne devrait pas s'y trouver. Entoure-le !

38 Mais lequel est-ce ?

Cette maman dragon saurait reconnaître son œuf entre mille...
C'est facile : il est vert, rayé et plus petit que les autres. Lequel est-ce ?

39 Dents de dragon

Il semblerait que les dents de dragon soient dotées de pouvoirs magiques... Elles porteraient bonheur à celui ou celle qui les possède ! Observe cette grille et entoure les alignements de quatre dents identiques (elles peuvent être alignées verticalement ou horizontalement).

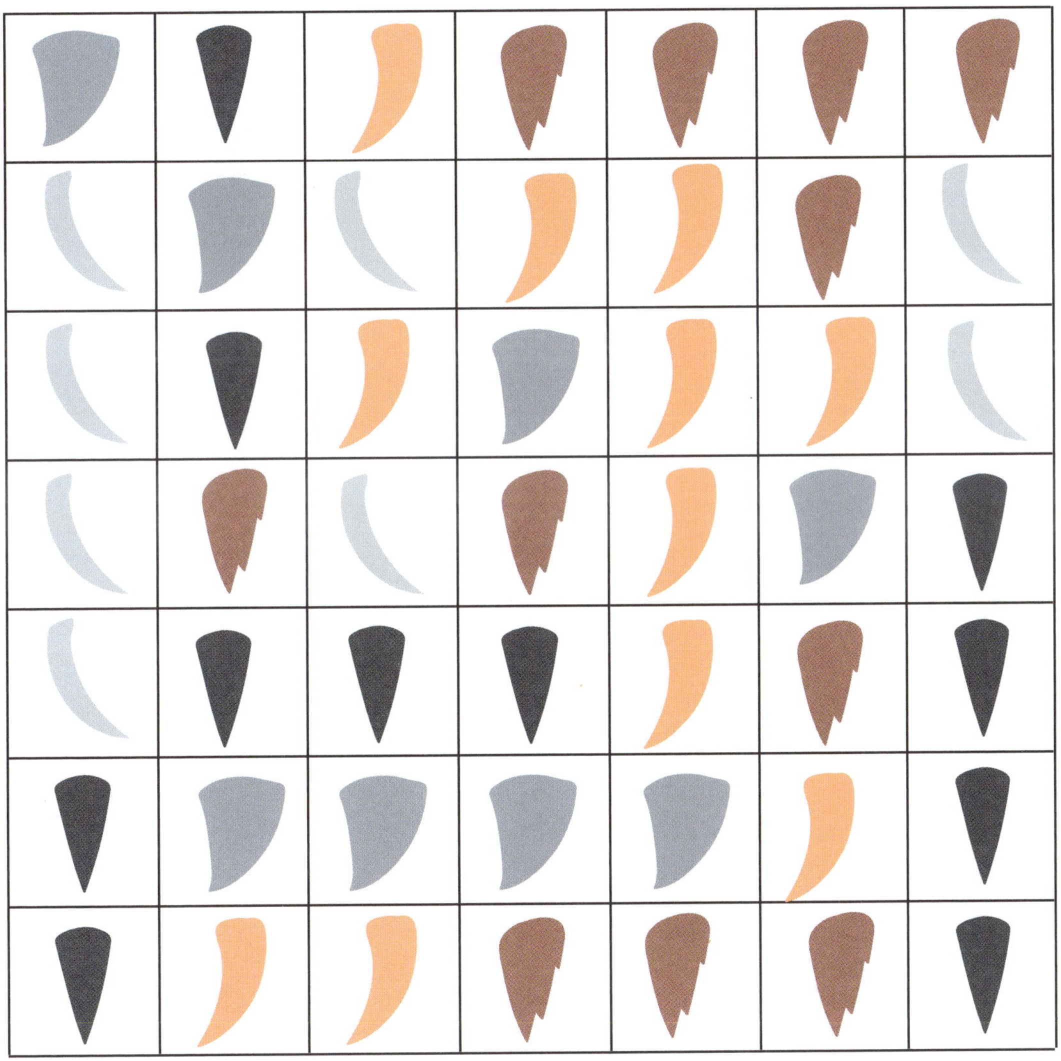

40 Chacun chez soi

Chaque dragon possède sa grotte, où il garde son trésor et aime se cacher. Il y en a de toutes les tailles, adaptées à chaque dragon. Numérote-les de 1 à 5, de la plus petite à la plus grande !

41 Haut perchés

Ces dragons des montagnes sont comme chez eux sur les plus hautes cimes. Colorie-les !

42 Sacrée collection !

Ce redoutable dragon a une drôle de passion : il collectionne les boucliers des chevaliers qu'il a affrontés. Observe bien ces suites de boucliers et complète-les en respectant l'ordre logique.

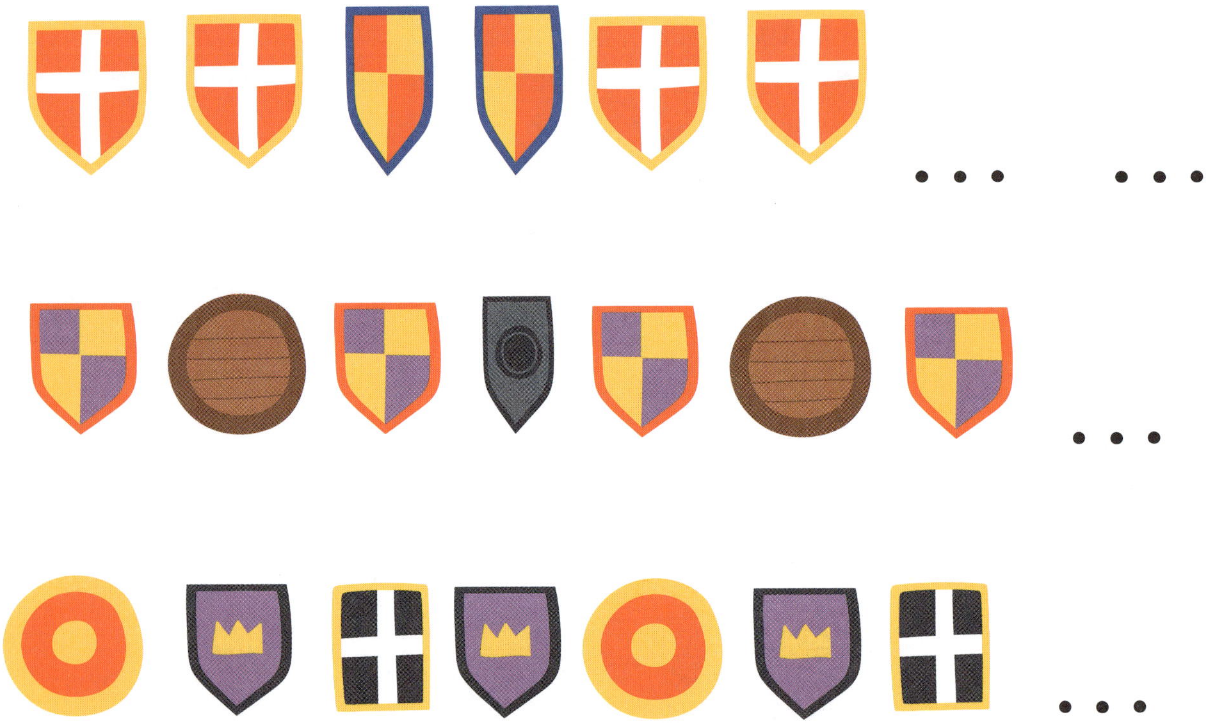

43 Retour à la maison

Ce petit dragon est en train de sortir de son œuf et il s'est éloigné de son nid. Aide-le à retrouver ses frères et sœurs pas encore éclos !

44 Dragons des neiges

Ces deux dragons des neiges ne craignent ni le froid ni le vent. Ils sont comme chez eux dans ce paysage glacé ! Observe bien ces deux scènes... et trouve les cinq différences !

45 Quel poseur !

Ce dragon adore faire le beau pour montrer sa force et sa puissance.
Observe bien ses postures et relie chacune d'elles à son ombre.

46 Au pays des dragons

On dit qu'il existe un pays enchanté, où des dragons de toutes sortes vivent en paix... Observe attentivement cette scène et essaie d'y retrouver les détails ci-dessous.

47 Venu d'Orient

En Chine, le dragon symbolise la chance et le bonheur. Sa tête est toujours ornée d'une majestueuse crinière. Relie les points dans l'ordre des chiffres pour le faire apparaître ! Puis colorie.

48 Grosse faim

Ce dragon rêve de croquer un ou deux moutons...
Quel chemin devra-t-il prendre pour rejoindre ce troupeau ?

49 À toi de jouer !

Les dragons n'ont plus de secrets pour toi... Alors essaie de reproduire celui-ci en t'aidant du quadrillage, puis colorie.

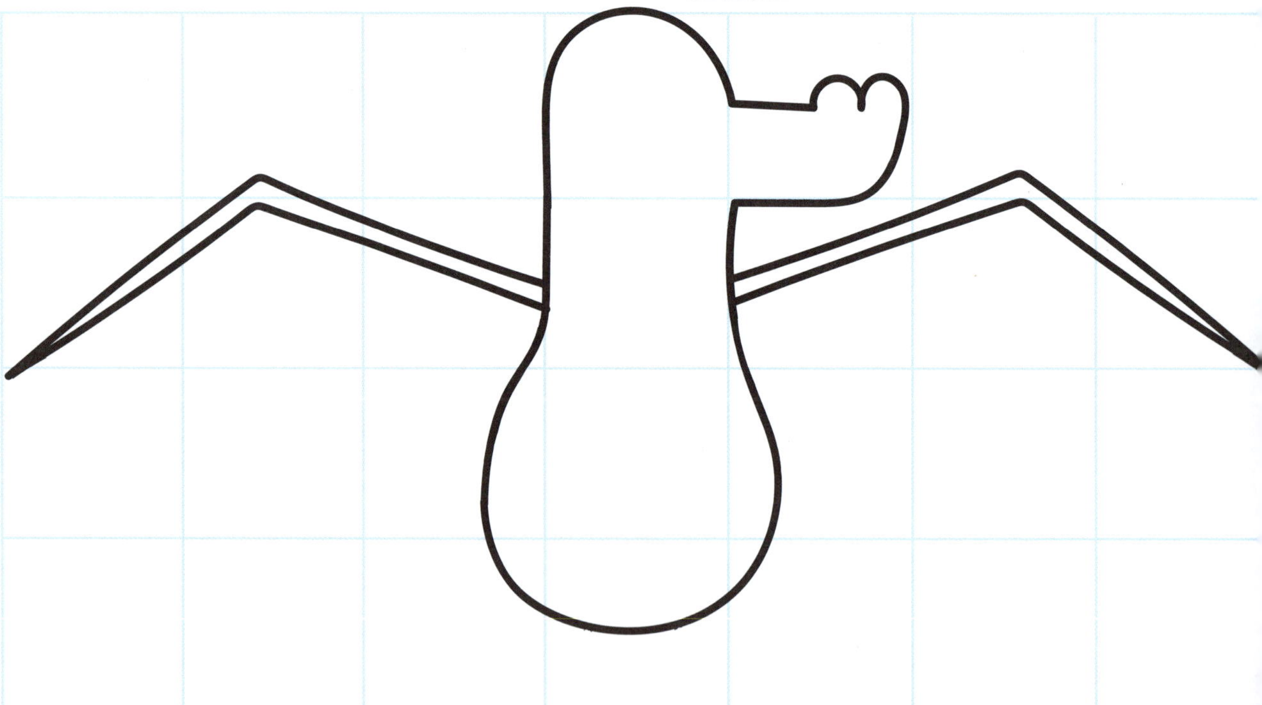

Solutions des jeux

PAGES 2-3

PAGE 4

PAGE 7

PAGE 5

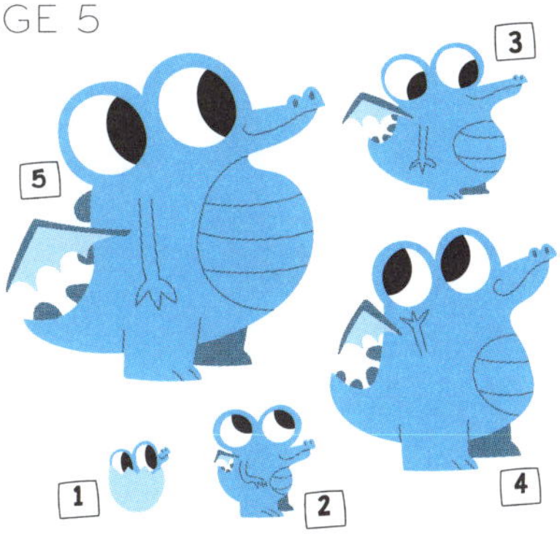

PAGE 8

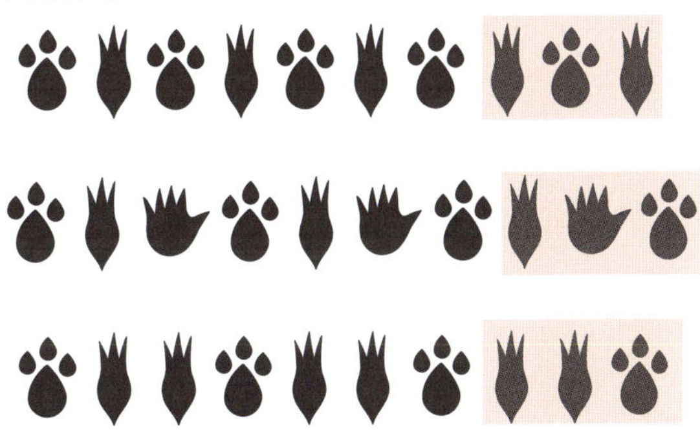

PAGES 10-11

PAGE 12

PAGE 15

PAGE 16

PAGE 14

PAGE 17

PAGE 20

PAGE 21

PAGE 22

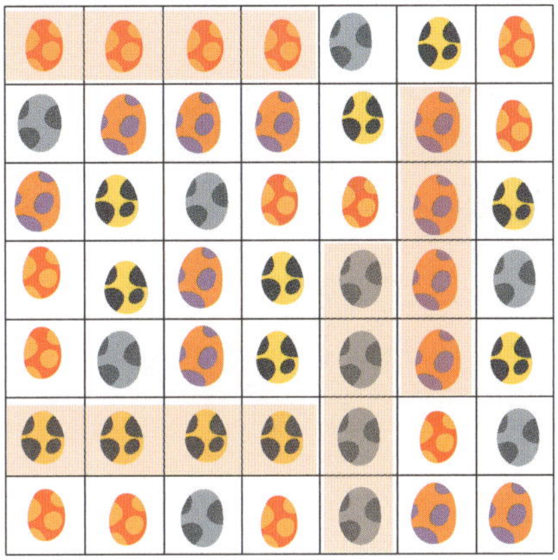

PAGE 23

PAGE 25

PAGE 26

PAGE 28

PAGE 29

PAGE 30

PAGE 31

PAGES 32-33

PAGE 36

PAGE 37

PAGES 38-39

PAGE 40

PAGE 42

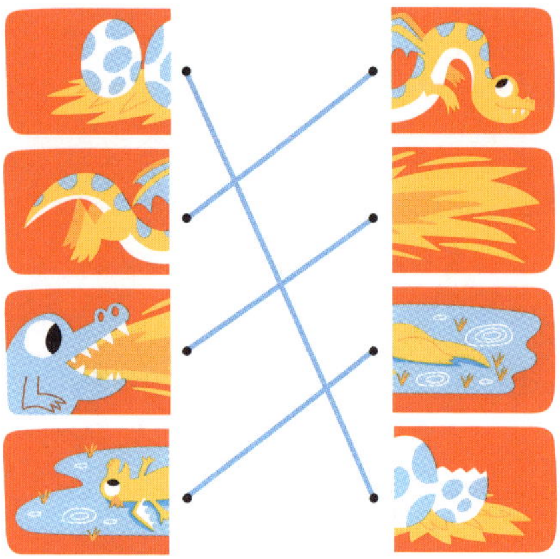

PAGE 43

PAGE 44

PAGE 45

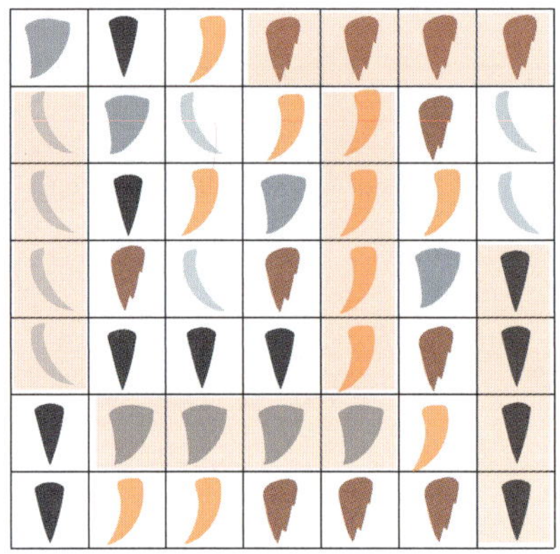

PAGE 46

PAGE 48

PAGE 49

PAGE 50

PAGE 51

PAGES 52-53

PAGE 55

Direction de la publication : Sophie Chanourdie
Édition : Magali Marquet
Responsable artistique : Mélissa Chalot
Mise en pages : Ipokamp
Révision rédactionnelle : Lorraine Ouvrieu
Fabrication : Rebecca Dubois

21, rue du Montparnasse
75006 Paris

ISBN : 978-2-03-604083-0
Imprimé en Espagne
Dépôt légal : janvier 2023
332226-01/11051420-décembre 2022